글벗시선123 박미애 시집

은혜의 강물

박미애 지음

어머니의 사랑을 가득 담아서

거울을 보면 문득문득 '언제 이렇게 늙어 버렸을까!' 속절 없는 미련이 생겨요. 내 삶이 그저 결혼하고 아이 낳아 키 우고 밥해 먹고…, '이게 다인가.' 체념 속에서 시를 꺼내 보았지요.

하루하루 일기로 시작된 나의 시는 삶의 깊은 상념들을 때로는 예쁜 꽃으로 때로는 우울한 회색의 향기로, 또 때 로는 톡톡 튀는 잊었던 감성을 팝콘처럼…. 그렇게 되살려 주었습니다.

나는 하나님을 믿는 사람입니다. 하나님께서는 분명히 저 에게 알록달록 고운 무지개 색깔로 천국의 언약을 주실 줄 믿습니다.

어머니가 돌아가신 지 어느덧 2주기가 되었습니다. 늘 내 게 값없이 주기만 하셨던 분, 돌아보니 나는 어머니에게 해드린 게 아무것도 없네요. 그저 받기만 했을 뿐….

50이라는 나이가 되고 보니 예전에는 참 갖고 싶고 욕심 나던 것들이 이제는 한낱 부스러기처럼 느껴집니다. 부요

한 자나 가난한 자나, 학식이 있는 자나 없는 자나, 우리네 인생은 잠깐 왔다 가는 짧은 소풍길 순례자들이 틀림없어요. 어머니가 계셨던 요양원 어르신들을 보면서 곤고함을 보았습니다. 나 살기 바빠서 미처 둘러보지 못한 것들이 주변에는 얼마나 많은지…. 문득 생의 날들을 주님 앞에 아름답게 칭찬으로 장식하고픈 욕심입니다.

코로나로 인해 세계 곳곳이 신음하고 있는 요즈음, 걱정을 공유하며 함께 웃을 수 있는 사랑의 나눔들이 꽃 피기를 소망해 보아요.

나부터 작은 일들을 감당해 보자고 마음먹어 봅니다.

부족한 글쟁이를 작가 타이틀을 달게 해 주신 하나님께 감사드리고, 하나님 사랑과 또 아직도 그리움에 목이 메는 어머니 사랑을 2집에 가득 담게 해 주신 은혜에 찬양을 올려봅니다.

2020년 12월

하나님을 믿는 사람의 시

선교사 박해철(독일 프랑크푸르트)

2020년 유난히도 혼란스러웠던 한 해였습니다. 엄청난 재앙이 밀어닥친 한 해였습니다.

제대로 된 계획조차도 세울 수 없는 한 해였습니다. 누구도 다가올 내일의 희망을 이야기하지 않았습니다. 그러나 그 혼란스러운 속에서도 흔들림 없이 자신을 지켜나가는 무리들이 간혹 눈에 띄었습니다. 코로나 19라는 전염병 앞에서도 오히려 담담히 '모든 것이 성경 말씀대로 이루어져 가고 있다'라고 말하며 평정심을 잃지 않고 묵직한 인내의 힘을 발휘하였습니다.

머지않아 그분을 만날 수 있을 것이라고, 신랑을 기다리는 신부의 행복한 미소를 짓기도 했습니다.

〈예수 그리스도 그분이 진짜 세상의 주인이세요! 그분이 바로 하나님이셔요〉

아무도 예측할 수 없는 2021년 새해를 눈앞에 두고 "나는 하나님을 믿는 사람입니다"라고 고백하고 있는 시인의 외침이 새해를 맞는 모든 분들에게 큰 울림이 되기를 가만히 기도해 봅니다.

시는 영혼을 치유하는 힐링

선교사 심성섭

전 세계가 코로나19 바이러스로 인하여 어수선하고 혼란한 시점에 서 있고 한편으로는 송구영신의 설레는 12월입니다. 물질과 기술과 지식에 모두 정신이 팔린, 정말 인문학이 죽어 버린 삭막한 시대에 문학을 사랑하고 글과 시를 사랑하여 금년에도 열심히 문예 창작품을 발간하게 된 박미애 시인님의 아름다운 노력에 하나님께 영광과 감사를 드립니다.

특별히 한 해를 보내면서 그동안 갈고닦은 박미애 시인의 문학적 진실을 앤솔로지로 묶어 이렇게 함께 축하하게 된 것을 기쁘게 생각합니다. 문학은 일차적으로는 개인의 꿈과 상상을 문자로 드러내는 자기만족, 자기 성취, 자기 치유의 방법입니다. 그러나 보다 바람직한 문학의 방법은 이웃과 더불어 아름답고 진실한 체험을 공유하면시 함께 영혼을 치유하는 힐링의 행위가 되어야 합니다. 박미애 시인의 제2집 출간의 의미도 바로 여기에 있습니다.

기록되지 않고, 표현되지 않고, 서로 공유할 수 있는 작품

집이 없다면 시의 의미는 반감되는 것이고 개개인의 정신적 역사도 문화적 실체도 사실은 구호에 불과한 것이 되고 맙니다. 낯선 독일에서 가정과 신앙생활에 충실하며 문학을 연구하고 작품 활동을 하며 하나님의 사랑하심을 전하고 이웃 사랑을 실천하고 있는 삶의 모습을 반추하며 나아가 아름다운 세상의 호흡을 함께 하게 됨을 진심으로 축하드립니다.

여러분 모두의 협조와 노력에 더욱 감사를 드리고 특별히 개개인의 문학적 역량을 발휘하고 나아가 지역 문화 발전에 꽃을 피우는 따뜻한 문학사가 되기를 기원합니다.

진실한 영혼의 찬미

목사 한영은(여수 미평교회)

두 번째 책입니다.

박미애 시인께서 그동안 많은 생각들과 귀한 진리의 조각들을 하나씩 모아 시(詩)로 표현한 글들이 가을의 예쁜 낙엽들처럼 모아져서 또 한 권의 책으로 엮어 나올 수 있게 됨을 축하드립니다.

시인의 고백이 우리 주님에게는 진솔한 영혼의 찬미가 되고 이 시를 읽는 독자들에게는 영혼과 영혼이 갈망과 갈망이 만나 입가에 작은 미소와 함께 그분의 사랑을 놓지 않기를 소망해 봅니다.

풍성한 비타민을 만드는 시인

목사 권순태(독일 라이프찌히 교회)

읽으면 읽을수록 박미애 시인의 글은 그저 '편안'합니다. 왜냐하면 누에가 비단실을 뽑아내듯이 머리에서 "떠오르는 대로," 손에서 "쓰이는 대로" 글의 실을 슬슬 뽑아내기만 하면 되기 때문이지요. 글이기에 화려하게 치장하고 아름답게 다듬을 수 있지만, 오히려 정신이 번쩍 들게 만드는 그 원색적인 표현들은 가장 자연에 가까운 신선함과 현장감이 있습니다.

"미쳤는가 보네 금을 얼굴에 쳐발라?"("화장대" 중에서) 꾸미지 않은 자연스러운 꾸밈이기에 마치 친환경 제품과 같이 읽는 독자에게 푹 녹아들어 독자가 말하고 싶은 독자의 고백으로 만들어 버립니다.

더욱이 달나라 별나라에서 가지고 온 재료가 아닌 시인 자신의 삶의 현장에서 캐낸 보석들이기에 원산지는 삶이요, 자원은 천년을 두고 써도 남을 양입니다. 따라서 그 표현 한마디 한마디는 마른걸레 짜내듯 물 몇 방울 얻는 것이 아니요, 폭포수 같은 자연스러운 분출이기에 늘 풍성합니다. 그렇다고 그저 쓰다 시간 지나면 사라져 버리는 피상적인 삶의 표현만이 아닙니다. 그 삶의 뿌리에는 가치와 철학, 더 깊은 심연에는 믿음이 무게중심처럼 자리 잡고 있어 시인만의 '자기 것'이 있습니다. 그래서 시인의 글은 깊이 묵상하는 '시편'과 같이 시요, 노래요, 기도이자, 삶의 간증이요, 신앙고백이 됩니다.

2020년 야심차게 시작했던 한해! 그러나 코로나19로 인해 모든 계획이 무너지고, 삶은 예측할 수 없는 혼돈 속에 빠지고, 우리 사회와 이웃이 우울해 있을 때, 박미애 시인의 글은 우리를 미소 짓게 하며, 잃어버렸던 일상으로 돌아오게 하며, 우리의 삶에 새로운 활력소가 됩니다.

이제 출간되는 박미애 시인의 두 번째 시집이 구름 낀 우울한 이 계절에 빛을 보게 됨을 축하, 또 축하드리며 이 글을 통해 많은 분들이 풍성한 비타민을 만들어 내기를 소망하고 기도합니다.

은혜의 강물

박미애 시집

차 례

제1부 은혜의 강물 위에서

제2부 마음과 마음

제3부 하나의 사랑

제4부 꽃이 필 때

제1부

은혜의 강물 위에서

느낌표

참 이상해요
그렇게 미워했는데
그가 웃고 있어요
내 앞에서

희끗한 머리
하얀 수염
그리고 반달 모양이 된
젖은 눈빛

세월에 변해버린
우리들 모습

무던히 싫어했는데
존경으로 바뀌어버린
내 마음

인고를 털어낸
삶의 무게가
한 자락 웃음으로
남았습니다

이런걸…

모양은 달라도
우리는 한 자녀였던 것을요

은혜의 강물 위에서

은혜의 강물 위에서
나 주의 보혈을 힘입어
주께로 나아갑니다
이 소망의 골짜기를 지나
주님 계시는 평화의 나라에
나 영원히 거하기를
사모합니다

내 마음 안에 이미 이루어진
주의 사랑이여
값없이 나를 사신 내 주가 계신 곳
날마다 주를 바라보며
나아갑니다

성령의 운행 속으로
나 주의 은혜를 힘입어
아버지께 나아갑니다
이 눈물의 골짜기를 지나
아버지 계시는 참사랑의 낙원에
나 영원히 살게 되길
사모합니다

내 마음 안에 이미 이루어진
주의 사랑이여
골고다 언덕지나 내 주가 계신 곳
날마다 주의 뜻 이뤄지길
기도합니다

아픈 밤

부글부글…
마음이 또 지옥 밭으로 변합니다
애써 사랑한다고 비우고 떨쳤건만
얼굴을 보니 또 부글부글
화가 치밀어 오릅니다
이 상황이 너무 싫습니다

차라리 안 보면 나아질 텐데
곤한 마음속으로
회오리를 치며 커져 오는 미움 한 자락
부글부글…
좀처럼 삭아지지 않는 이유가 뭘까요

사랑할 수 없어 힘이 들고
용서할 수가 없어
나락을 치고 마는 이 기운 없음
까닭 모를 이 부대낌이 싫습니다
나는 한껏 고함쳐 봅니다

사랑하라 말씀하신 주님의 계명

참 이룰 수가 없는 곤고한 숙제들

긴 호흡 한번 들이쉬고
엎드려 봅니다
도무지 풀릴 것 같지 않은
나락의 한계 그 끝을 부여잡고
힘없는 나는 다시 한번
창조주께 애원합니다

죽기까지 피 흘리시며
우리 죄를 담당하신 그분
그 사랑에 목이 메어와
이제는 온몸의 전율로
사랑이 다가옵니다

부글부글…
내 사랑이 부글부글 차올라
십자가 밑
한 송이 꽃으로 피어나기를

향기 가득한 주의 사랑을 머금고
마음 한 자락 애달피 터트려 버리고
나는 영원한 그분의 사랑이고 싶습니다

희망 사항

내 젊음을 휘감았던 그녀들이
장롱 속에 쟁여있다
유행을 돌고 돌아 하나하나 사연 담아
애써 버리지 못하고
십수 년의 추억을 향기로 머금었다

세 딸 중에 적어도 한 명쯤은
소싯적 엄마 행복에
동참해줄 줄 믿었는데…

"안 예뻐"
"안 입어"
"안 맞아"

패션의 첨단을 걷는 큰딸
멋 내기 1도 관심 없는 둘째 딸
코끼리가 친구 하자는 막내딸

패스… 패스… 패스…

마네킹 몸매를 닮은 우리 아들아
너라도 한 번 입어보련?

인연

아련함 속에 그리움으로 남는
사람이고 싶습니다
너무나 평화로운 그대의 얼굴이여
속절없는 사랑이라는 이름이여
불현듯 꿈속에서 찾아와 이른 아침
내 마음속에 고운 향기 뿌리고
고운 그대는 나를 예쁜 기억 속으로
여행시켜 줍니다
아마도 그대가 나를 생각하나 봅니다
사랑을 주고 꽃으로 남은 이
가끔은 날 위해 향기를 보내오지요

이제는 짧은 기억 한 편뿐
아련한 그대 모습 고운 추억의
날개 달아나 그대를 위해
축복을 보내봅니다

고운 사람이여
어디에서건 행복하시고
무엇을 하던 즐거움으로
소중한 한 날의 기쁨 마감할 때
미소로 향기 짓는
그런 그대가 되시옵소서

풍경화

어릴 적 고운 추억 물어다가
마음 창문 앞에 걸어두고
햇살 따사로운 나른해진 상념들
딸랑, 흔들어 보는 아침입니다

색 고움으로 바랜 옛 기억 하나
덤으로 옮겨와 섞이는
이국땅에서 그려내는 풍경화 한 점
삶의 도화지 어느덧 꽉 차있습니다

그윽한 한 잔의 차 어우러짐은
풍경화 속 향기입니다

기억 속에서 우려내는 슬픈 차 마심
한 모금 그리움으로 넘겨질 때
아련한 기억으로 춤을 추는 붓 사위

이내 눈물 친구 모셔와 바래지는
고향의 색이여

접었던 내 마음을 옮겨다가
수선화 꽃 향 옆에 펼쳐놓고
은혜 향기로운 가득해진 동심
꾸벅, 인사시키는 아침입니다

즐거웠던 젊은 날의 기억 한 편
소중히 실어와 채색되는
고운님 섞어지는 그리움 한 점
생의 도화지 어느덧 꽃 피었습니다

은밀한 사랑의 향기 밀려옴은
세월의 수줍은 상급입니다

깊어진 사랑 안에 희로애락 녹아있고
한순간 당겨진 하얀 털끝의 다채로움
각색의 물감들 내 벗을 노래하네

헛되지 않아 아름다운
나의 풍경화여

밤의 노래

사춘기 딸아이의
말도 안 되는 울분이
밉상으로 변한 밤
'나도 저랬을까?'
문득 엄마한테
전화를 해보고 싶다

달래도 보고
이해도 시켜보고
윽박지르다
결국엔 매를 들고
서슬 퍼레
밤을 끝낸다

이 밤이 참 길다.

무슨 인연으로 만나
생의 한 과정을
엄마와 딸은
몸살 가운데 부대껴
우는가

베갯속 한숨에
주름 하나 더 늘려

알다가도 모를
밤의 노래
눈물 흐르고
문득
내가 어떤 딸인지
묻고 싶은 밤

하루살이 여정이 힘들어
전화 한 번도 제대로 못하면서
이렇게 한숨이 날 때만
찾아드는 엄마의 자리

가슴 가득 밀려오는 통증을
그리움 한편에 희석시키며
지천명 딸은 팔순 엄마를
떠올려본다

세월이 얼마 큼이나 흘러
엄마의 진심을 또 알게 될는지…
흰머리 희끗한
엄마의 주름살이
마냥 애달픈
문득
엄마가 참 보고 싶은 밤

이 밤이 참 길다.

부재

몹시도 추웠던 어느 겨울날
대포알만 한 크기로 꽁꽁 얼려서
김장 속이라는 이름으로
비행기를 타고 날아온 사랑

"배추 사다가 버무리기만 혀"

하얀 배추 속살은 쳐다보지도 못하고
황망한 편지 한 장으로 둔갑해
배춧잎 열 장을 날려버렸다.

이내 떨어질 새빨간 푸념 자락이
너무나 매워서
나는
다시 비행기를 타고 되돌아간
어머니의 한숨을 아쉬움 속에
버무리곤 했었다

"한국 사람은 짐치를 묵혀야 돼."

가루 고운 어머니의 사랑은
이제 가고 없고
인터넷 낯선 상표 거친 고춧가루만
어머니의 부재를 알린다

하얀 소를 꿈꾸며

거칠고 암울했던 경자년 보내면서
만 가지 시름 더미 체증을 한데 묶어
자유를 속박한 네게 흑색 왕관 씌운다

유유히 걸어가며 자조하는 무리들아
곳곳에 검은 혀로 날름대고 헤죽대는
호탕한 검은 마왕이 팔 벌리고 앉았네

간격을 떼어놓고 아픔을 조장해도
서리진 잔망들은 묵묵히 행동하듯
무리진 흰 마스크의 강한 은색 배열들

기골이 장대하다 신축년 맞이하듯
천만 가지 고운 맘과 미소를 여물 섞어
부풀어 탐실거리는 하얀 소를 키우자

감자

감자는 희망이다
온종일 하루 누워 허공에 기억 하나씩을
수놓는 어머니에게
감자는 기다림이다
푹푹 더운 열기가 온몸에서 돌아 나와
기억 한 편에서 부서지는 미각의 끝자락에서
어머니는 오늘도 감자를 캐고 계신다

근근이 주어진 질긴 목숨 줄의 서글픔을
외면한 채
쉰내 나는 궁둥이에 채워진 허연
종이 기저귀도 잊은 채
십여 미터도 안 되는 큰아들 집 대문 앞에
애달픈 눈치 하나 걸어두고
어머니는 좀처럼 감자에 브레이크를 걸지 못한다

"오늘은 좀 더 굵은 놈을 쪄 와"

알 굵은 감자들은
주인 없는 헛간에 비닐을 덮고 누워서

고달픈 인생의 순간들을 소생시킨다

종이 눈 같은 가는 셈을
세포 마디마디에 감자로 잘게
쑤셔 넣고 계신 어머니
머지않아 다가올 이별 예감이
시리게 손마디 끝에서 쪼개어진다

투명 지렁이

방 안 가득한 지렁이를 보았습니다
꿈틀대는 투명함이 내 온몸의
살갗을 파고드는 밤
오 주님 너무 징그러워요

출구도 없는 네모난 방 안에서
구물구물 쉬지 않고 기어 다니는
투명 지렁이들
이 상황이 도대체 무엇인지…
나는 어렵기만 합니다

십자가에서 모든 걸 다 내어주고
돌아가신 우리 주님
입으로 시인하고 마음으로 믿으면
되는 줄 알았는데
혼자서 빚어놓은
그럴싸한 주님의 형상을 붙들고
나는 넓은 길로 뛰어가고 있었네요

순식간에 무너지는
위장된 마음의 평화
내 속 가득한 투명한 죄의 무리들
나는 지렁이를 보았습니다

겨울 산책

사람들 모습 없는 고즈넉한 산책길
코로나가 빚어낸 상상 못 할 썰렁함
빈 들에 스산함 얹어 찬바람만 노니네

바람 한 결 쌩하니 가슴을 스치더니
애달픈 아낙 손길 뒷모습만 좇아가고
커버린 금쪽 아들은 제 아빠를 희롱한다

겨울을 품에 당겨 소리 없이 녹이는
캠니츠 원준이네 정겨운 사랑들을
빈 가지 애처로워도 그물 엮어 건진다

유언

손녀가 심어주는 헛된 희망을
어머니는 알고 계실까
하루 온종일 침대에 누워
허벅지에 링거를 맞으면서도
어머니는 소망을 놓지 않는다
혈관 없는 기억은 허공을 허우적댄다

육신의 망각은
서글픈 노기마저 삼켜 버리고
파릇파릇한 정신 줄은
그 어디에도 하소연할 자리가 없다
어머니는 그렇게
생의 마지막을 준비하신다

병상 위에 덩그마니 누워
인생의 무상한 잡초들을 하나둘
뽑고 계신 어머니
가져갈 것 하나 없건마는
미련한 땅의 뿌리들은 목이 마르다

상념의 풀 한 포기 꺾어 버리고
질긴, 쓴 뿌리 한 움큼 걷어 버리고
기나긴 다리를 건너가신 어머니

가시는 마지막 그 걸음
분수처럼 쏟아져 나오는 폭포수

암만

주님만 있으면 되어요
세상 것이 암만 좋다고 해도
세상 것이 암만 탐난다 해도
난
주님만 있으면 되어요

세상살이 지쳐서 내가 늘 넘어질 때
마음 안에 사랑 없어 강퍅해질 때
소곤소곤 다독다독 위로하는 분
난
주님만 있으면 되어요

아주 먼 태초부터 나를 만들고
벌써부터 나를 알고 계획하신 분
내가 암만 원망을 늘어놓아도
변하지 않고 사랑으로 다독이시네

어떤 땐 대답 없는 분
암만 기도해도 지독한 고독
암만 울어도 소리 없는 아우성
결국엔 주님 뜻인가
결국엔 주님 품인가

암만,
승리는 오롯이 주님뿐인걸

고백

나는 주님의 형상입니다
나는 주님의 자녀이지요
주님 내 안에 계시오니
내 안의 속사람은 내가 아니고
참 진리이신 주님입니다

내가 가는 곳
주님도 함께 가시고
내가 머무는 곳
주님의 임재 안이니
나는 주님과 더불어 먹고 마시며
온전히 주의 성전을 이룸이니다

오 주여
나로 정결케 하시며
주의 진리가 나를 자유케 하옵소서

주의 영
내 안에 거하오니
두려움 없는 나는 주의 자녀라

크신 권능의 그늘 아래
내가 있으니
사망 권세 이기고 사신 내 주여
온전히 제가
주의 이름을 전하며
주님의 기쁨이 되겠습니다

사랑하기를

사랑하기를 원하신 거죠?

머리로는 알겠는데
갑작스러운 변화가
가슴으로 다가오지 않아서
내내 혼란한 한 때입니다

사랑의 방법을 몰라
아직도 주저하는 나는
이 변화가 놀랍기만 합니다

아버지
내 안의 연약함을 용서하소서

아버지의 마음은 사랑인데
그 뜻 이룰 수 없어
내내 갈등하는 겉모습이
저를 힘들게 합니다
주의 속 사람이 되기를
간절히 소원하는 아침
따사로운 날,

주님의 평화 강물같이 임하고
나는 왜 울고 있는지
이 눈물 마를 기미가 좀처럼
보이지를 않습니다

봄비

나의 연약함 위에
아픈 그늘 드리워지는 날
숨기려 할수록 가시는 점점 커져
덧난 고름 흘러 넘친다
오늘은 상처 하나 덧입히는 날

용서하지 못하는
우툴두툴한 이 마음의 결을
활짝 펴줄
개인 햇빛 한 줄 어디 없는가

붉거져오는 미움 덩어리
가슴에 꽉 안겨 채우고
요지부동마냥 버둥거리는
애달픈 이 헤맴이 속절없이 싫어서

봄비 주룩주룩 흘러내리는
눈부신 은혜의 마당 한가운데
일부러 서서 고함쳐 보는 한때

"주님 닮고 싶어요
 주님 사랑합니다!"

주님이 나를 보고 계시네

온 밤 내 주님이 나를 보고 계시네
그 어디에도 숨을 곳이 없네
그 어디 하나 숨길 곳이 없네

고개 들어 나를 보라시는 주님
차마 고개를 들지 못하네
주님은 나를 알고 계시네

세상에 속아서 유혹에 흔들려
그 어디에도 내 모습은 없네
그 어디 하나 주님 흔적 없네

(고개 들어 나를 보라시는 주님
차마 고개를 들지 못하네
주님은 나를 알고 계시네)

온 밤 내 주님이 나를 안고 계시네
그 무엇과도 바꿀 수가 없네
그 무엇 하나 버릴 수가 없네

'내 손 잡고 함께 간나.' 하시는 주님
나는 더 이상 놓지 않겠네
주님은 나를 사랑하시네

보물찾기

이미 주었다고 말씀하시는
그대여
나는 받은 게 없는 것 같은데
이미 주었으니 찾으라고
말하십니다
어디서 어떻게 찾을까
나는 참 어렵기만 합니다

입만 벌리고 서서 무언가 톡
고개만 들고 서서 하늘에서 뚝?

아니야 아니야 아가야
내 안에서 나를 바라봐야지
이미 네 눈앞에 있잖니
주님은 말하십니다

하늘나라의 보물찾기는
수고와 헌신의 대가도 아니고
봉사와 나눔의 경주도 아니고
이미 가져버린
주님의 무한 사랑이에요

간구

성령이여 도우소서
성령이여 도우소서

온전치 못한 그들에게
다시는 이 성전을 내주지 않게
하옵시며
다시는 속지 않게 하옵소서

핏값으로 나를 사신
내 주님이 계신 곳
내 안에 성령이 운행하시네

참다운 거룩한 성전아
빛을 발해라
주의 권능을 힘입어
주의 보혈로 씻으리니
다시는 속지 않으며
다시는 굴복하지 않으리
주의 사랑 값없이 전파하리라

성령이여 일하소서
성령이여 일하소서

나나 정

나날이 늘어가는 체중에 비례해
울림도 좋아지는 막내둥이 성악가
볼수록 깨물고 싶은 어화둥둥 우리 딸

늦둥이 키우느라 이 어미는 늙었건만
세상이 마냥 좋아 걱정 근심 없네. 그려
삼인분 뚝딱 비우고 발성 연습 돌입하네

제 아빠 성량 닮은 화통을 무기 삼아
조용한 동네방네 한순간에 삼키더니
어느덧 좌중을 들어 리틀 나나 떠받드네

크고 고운 소리 울려 하늘나라 상달될 때
주신 분 그대시니 쓰실 분도 임이시라
천상의 보좌에 나가 목청 높여 찬양하리

내게 주신 사랑

내게 주신 사랑
내게 주신 사랑

그 사랑 놀라워
나는 갑니다 그대에게로

그 사랑 감사해
나는 그려요. 천국 소망을

그 사랑 한없어
나는 우네요. 그대 손 잡고

그 사랑 오묘해
나는 누려요. 천국의 삶을

제2부

마음과 마음

마지막 선물

나는 몰랐어요. 어머니 마음을
항상 주기만 하시는 분이라
그저 넙죽 받는 것밖엔

싸디싼 몸뻬바지 하나만 사다 드려도
밭에 들러 김밥 한 줄만 건네드려도
어머니는 그저 좋다고 하셨습니다

해드린 건 아무것도 없는데
받은 건 왜 이리 많은지…
어머니가 생각나는 날은 그저 이유 없이
아파옵니다

"니만 알고 나만 아는 비밀이다 잉"
장롱 속 한복을 제쳐 보라고 하십니다
자슥 놈 준다고 또 또 이렇게
모아 놓으신 어머니 선물

파란 배춧잎 뭉치가
입 다문 벙어리 눈물을 그저 뚝뚝
받아먹고 있습니다

구원

'바보 같다.' 말하지만
바보는 당신입니다
세상살이 정직하게 산다고
그대는 다 이룬 것처럼 말하지만
그대의 끝은 지옥인걸요
헤어 나올 수 없는
그 뜨거운 저주의 나라를
그대 아시나요

구원하실 이는 단 한 분
그리스도 예수십니다
우리 죄를 담당하고
십자가에 못 박히신 분
우리 죄를 대속하고
다시 살아나신 분
그가 우리를 위해 울고 계세요
그가 지금 애타게 우리를
기다리고 계십니다

많은 사람들은 묻습니다

그리고 말을 하지요
우리네 인생
어디서 와서 어디로 가는가
죽으면 그만인 것을…

아니요
죽으면 곧장 지옥입니다

내 마음 안에
주님을 모셔오세요
주님과 함께 할 거라고
고백하세요

주께로부터 온 우리들은
주님과 한 호흡이어야 하고
예수만이 통로가 됨을
알아야 합니다

주님은 지금도 우리를
기다리고 계십니다

영원한 주의 사랑
ㄱ내 안에 임하길
우리의 영혼이 주와 함께
자유롭길 기도합니다

위로

그대가 아파하는 게 고스란히
내 마음속으로 전해져 옵니다
눈물로 지새운 아픈 밤만큼이나
속절없는 미움의 꽃이 만발한
아침이여
그대,
눈을 감아버려요

햇살 한 줌 그대 얼굴을 비추고
주님의 속삭임 온몸을 감쌀 때
그대,
그때 눈을 뜨세요

무너져 내린 가슴 한편으로
사랑의 고운 씨앗 올라와
어느덧 화평으로 잠잠해진 그대여
그대는 찬란합니다

사랑하세요
가녀린 풀처럼 여린 그대여

사라질 이슬 하나 떨구어 버리고
용서하세요

눈부신 사랑의 승리
아름다운 화관이 되어
십자가에서 쏟아내신 그분의 보혈로
우리 다시 해맑게 웃어보아요

오빠 사랑

월급쟁이 뻔한 살림에
조카 대학교 입학했다고
맥북도 사주고…
시집와 이 국 만 리 떨어져 지낸
세월이 20년인데
집안 대소사 한 번 참석하지도 못한
동생이 뭐 그리 예쁘다고
몇 년에 한 번씩 한국 가면 짐만 되는
동생이 뭐 그리 애달프다고…

나는 참 복이 많네요
친정은 친정대로 오빠가 있어 든든하고
시댁은 시댁대로 아주버님 계셔 든든하고
돌아보니 내가 숨 쉬며 사는 이유는
모두 다 주님 은혜였던 것을요

공기 속에서
호흡 중에도
늘 나와 함께 계시는 주님
그 은혜가 오늘은 참
버겁게 감사합니다

주 안에서

한없이 슬프고 외로울 때
날 향한 모든 상황이 사면초가일 때
터놓고 위로받을 수 있는
그런 친구가 있나요. 그대
그대는 그런 친구가 되어 주시나요

약함을 자랑삼아 나,
그대의 친구가 되어줄게요
모자람을 위로 삼아 그대
내 상념의 벗이 되어주세요

주를 닮은 사람들
주의 마음에 연합한 이들
눈, 귀, 입, 그리고 온 마음을 열고
서로의 아픔을 공유해 보아요
먼 훗날, 참 감사했다고 전할 수 있는
그런 우리들이 되어 보아요

아들까지 주신 사랑
우리는 그 안에서 하나입니다

다람쥐

어디서 왔을까
날쌘돌이 다람쥐 한 마리

'찍찍찍'
'....'

검은 눈망울 초롱초롱한
귀염둥이 다람쥐
숨죽인 다섯 살 공주님과
꺼먹꺼먹 눈인사 나누네

어디로 갔을까
날쌘돌이 다람쥐 한 마리

'....'
'흑흑흑'

사랑의 인사 고운 설렘
고대로 놔두고
다섯 살 어린 가슴에
구멍 하나 '뻥' 뚫어 놓았네

■ '다람쥐' 에세이

열어놓은 창문 앞 고목 위로 무언가 날쌘돌이 한 마리가 쪼르르 올라와 눈 맞추는 가을 어느 한 날! 다섯살배기 딸은 순간 얼어붙어 "엄마! 티어레(동물)야" 한다.

'찍찍찍'

'……'

검은 눈망울 두리번거리는 밤색 짙은 귀여운 다람쥐 한 마리가 요술처럼 눈앞에 서 있는 신기루 같은 한 때, 그리고 정적…. 경직된 딸이 뭔가 이야기를 하려고 하자 날쌘돌이 녀석은 순간 내려가 시야에서 없어지고 말고 그 짧은 순간에 심장이 뻥 뚫린 우리 딸은 애써 마음을 진정시키려는 듯 깊은 한숨을 '휴우~' 하고 내쉰다.

뭔가 허전함에 민망한 핸드폰만 조몰락거리고 있는 마흔 다섯 살 엄마인 나는 불현듯 하루 한 날 한 템포의 여유 안에 얼마나 많은 그림들이 실려 있는지 새삼 삶의 여정을 수채화 여러 폭에 담고 싶은 기이한 갈급함에 목이 마르다. 기다림의 환상은 늘 이렇게 생경한 어느 날의 추억을 곱게 물려준다.

(2015년 9월)

화장대(1)

치울 것도 없는 허접한 화장대 위
빗 하나 로션 하나 달랑 놓여
소복이 쌓여있는 먼지 친구 삼아
어머니 인생처럼 슬픈 노래 부른다
내 주인은 어딜 가셨을까

노인 회관 총무님 감언이설에 녹아
어느 해인가
큰맘 먹고 하나 산 로션은
해마다 똑같은 자태로 일 년에 1센티씩 줄어있는데

독일 사는 막내며느리
어느 날 진짜 금이 들어간 크림 하나
비행기 편에 보내드렸더니

"미쳤는가 보네 금을 얼굴에 처발라?"
서랍장에 꽁꽁 숨겨두셨다

3년 만에 유통기한 지난 속마음 도로 받아 챙겨 들고
한국 찾은 며느리는 소리 없이 울었다

주름 하나 펴지면 속죄의 길 트일까
기미 하나 열어지면 보은의 문 열릴까
애쓰고 보내버린 보름밤이 못내 무거워

차마 뜯지 못한 어머니 마음 고스란히
가슴팍에 수를 놓았다

페이스 톡으로 뵙는 어머니 얼굴은
날마다 작아지신다
병실에 누워 하루, 온종일 멍한 눈을 뜨시고
평생을 매어 온 밭일에 주인 잃은
애꿎은 푸성귀를 떠올리며
오늘도 주인 없는 화장대는
빈 먼지만 쌓이는데

이렇게라도 볼 수만 있다면
이렇게라도 계셔만 주었으면
하늘길 맞닿는 애처로운 사모곡
비행기 타고 저 너머로 소리쳐 우는데

"니 얼굴에 기미 졌다. 금 좀 발라라"
울 어머니는 그 경황에 내 얼굴을 걱정하신다

따사로운 날이면 어머니가 떠오르고
예쁘게 올라오는 봄꽃처럼
어머니의 젊디젊은 시절도 한 번쯤은 새롭게
피어났으면 좋으련만
안타까운 하얀 봄의 다리는
나더러 얼른 건너가라 소리 지른다

이별 그리고 예감

한 마리 애완동물이 칠흑 같던
밤 속으로 사라졌다
이쁘게 목욕까지 시켜서
수건으로 동동 닦아주었는데
딸아이 한숨은 영영 별이 되었다

하얀 눈을 덮고 긴긴 잠을 자더니
꽃 이불, 그림 이불, 사과 이불, 낙엽 이불
햇살 눈물 바람 이슬 이야기까지
도란도란 색 고운 그리움은
추억이 되었다

오직 한 분 사랑의 어머니가
밤 속으로 떠날 채비를 하신다
이쁘게 두 손 맞잡고
기력 없는 허리를 일으켜 세워 드리고 싶은데
애써 지은 미소는 슬픔 속에 울고 있다

한평생 호미질에 굽어있는 손마디
인고, 인내, 지고, 지순

푸념의 눈물로
한숨의 눈물로
쓰디쓴 땀방울을 거대한 밭으로
갈아놓으신 어머니

그만,
나.
사면초가 궁지로 몰린 곳은
어머니의 품

■ '이별 그리고 예감' 에세이

하늘이 푸르고 햇살이 따사로운 가을날!
발밑에서 '사각' 소리를 내며 스러져가는 낙엽들이 왠지 모를 쓸쓸함을 더하는 날…. 오전의 황금시간은 늘 집안일 몇 가지를 하다 보면 훅~ 지나가 버려서 나 혼자만의 사색 따위는 사치스러운 일과가 되어버린 내 나이 이제는 오십을 바라보는 중년 여인의 삶…. 빨래 한 통 돌려 넣고 이불 좀 털다가 이내 어깨가 아파 가을마당 한복판에 주저앉고 말았다.

노랗게 혹은 빨갛게 스러져가는 낙엽을 따라 며칠 전 우리 집 바닐라가 죽었는데 이유도 모르겠고 그냥 시름시름 며칠 앓다가 다운이의 눈물을 한가득 뒤로 그만 땅속에 묻히고 말았다.

예견이라도 했던 양 며칠 전 남편은 뜬금없이 꽃을 머리에 올려주고 이쁘다고 사진까지 찍어가며 웃어대더니…. 그 길로 우리 집 식구와 작별을 하게 된 바닐라…. 지금은 저 하늘 어딘가에 있겠지….

다행히 쵸코는 그 뒤로 낙심? 하는 기색 없이 혼자서 잘 먹고 움직이긴 하는데 알 수 없는 기운 없음은 아마도 그때부터, 며칠 전부터 시작되었지 싶다.

한국에 계신 어머니는 추석 전 3주를 입원해 계시다가 엊그제 서울대 병원으로 가셔서 검진을 받으시고 오늘 다시 여수로 내려가신다고 한다. 너무 건강하시다고. 한편으론 식성도 움직임까지도 철없는 막내며느리였던 나는 곧잘 흉까지 보았었는데 어쩌면 이별을 염두에 두어야 할지도 모르는 심각한 상황인지 시누이는 올겨울에 원준 아빠라도 한번 다녀가라 한다.

예정에 없던 이별은 삶 가운데서 어느 순간 우리의 시간을 정지시키며 그 정지는 마음속에 쉽사리 빠지지 않는 큰 돌로 자리하곤 한다.

'생의 기쁨이 충만한 자가 되게 하옵소서!' 하고 기도하곤 했었는데 이제는 '생의 마감이 훌륭한 자가 되게 하옵소서!'…. 이런 기도를 드리는 나이가 되어버린 지금의 내 모습.

드높고 푸르른 가을 하늘의 색 고움만큼이나 내 삶이 고운 삶이었던지…. 불현듯 지천명이 코앞인 생의 중간 부분을 넘어 마지막까지 삶의 완주를 잘 마치는 축복을 위해 기도해 본다.

(2017년 10월에)

가시

내 맘이 왜 이렇게 아픈지
나는 알지 못했어요
마냥 부풀어 오른 풍선에
누군가 어느 날 가시를 폭
찔렀습니다
'그쯤이야…' 코웃음을 쳤지만
이내 스르륵 빠져버린 바람
쪼글쪼글 흉하게 일그러져 있는
내 모습

고운 소망 안에 사랑을 담지 못하고
어느새 미움을 담았습니다
한없이 판단했더니
상처 난 마음이 커져서
이번에는 막혀버린 은혜의 시간들
애써 축복해보지만
도무지 불가능해 보이는
사랑의 교합들
이렇게 어려운 사랑이라는 굴레들

눈물로 기도해봅니다
바람 빠져 쪼글쪼글해진 내 마음의 풍선에
사랑의 입김 주님의 마음
가득 채워져
탱글탱글 열매 맺은 이쁜 봉오리
앗! 이번엔 터져도 걱정 없네요
주님의 사랑
오히려 자꾸만 번져 갑니다

가시로 찌른 그대 사랑하고 축복해요
주님의 통로가 되어주신 그대
오히려 그대가 애처롭네요
감사의 기쁨 덤으로 몰려옵니다

■ '가시' 에세이

살면서 사람에게 받는 갖가지 상처는 마음을 시들게 한다. 누군가에게 내 마음을 주었건만 전달되지 않고 애초의 호의마저 뭉개져 버려 힘들었던 시간들…

저으기 믿고 '그 사람이 그러면 그렇지!'라는 현란한 판단 앞에 주님 보시기에 죄를 지었던 나날들!

물론 쓴 뿌리가 남아 어느 날엔가 그를 본다면 내 표정을 분명 가꾸어야? 할 테지만 정답을 알고 계신 주님은 "미애야!"라며 나를 다독이신다.

비껴간 정답을 마음에 품어보는 저녁입니다.

시인과 커피 (!)

시인이 욕을 하느냐고
친구가 눈을 흘기던 날
나는 커피를 마셨다
네모로 각진 어휘의 양만큼이나
내 안에서 스멀대는 물음을
적당히 저어 녹여 버리곤
'내가 시인이었나?'
부대낄 고뇌를 마셔 버렸다

쓰디씀과 달콤함의 차이를 아는가

시인은 복잡하다
삼킬 수 있는 쓴맛이 달달하고
엮인 달콤함은 개운치가 않다
요동침…

마음을 옮기는 일은 참 어렵다
시 눈을 뜨다 보면
인생이 멋진 시가 될 줄 알았는데
블멘 헹간 안가운네서
나는 설탕만 찾는다

참 이상해요

참 이상해요
미울 땐 온갖 저주를 퍼붓다가도
이내 뒤돌아 그를 위해 축복을
보내는 내가

요지부동 꿈쩍도 안 하던 미움이
솜사탕처럼 달콤하게 녹아
흔적도 없이 사라지는 건
변덕이 아니라 사랑입니다

한번 고르고
두 번 다독이다
어느새 주님 마음으로
변해있는 내 마음

주님께 물든 따뜻한 사랑이
오늘은 가뭄 끝 단비처럼
내 온몸을 적셔옵니다
눈물이 나네요

나를 위해 십자가 형벌을
감내하신 분
그 고통이 전해옵니다

용서하지 못할게. 그 무엇이고
사랑하지 못할게. 어디 있을까

주님의 보혈이
내 눈물 속에 전해옵니다

참사랑이신 나의 주님
사랑합니다
용서해주세요

사춘기 딸

언제쯤 교통이 될까나 너와 나
해묵은 거리를 좁힐 방법 없을까
도무지 대화 안 되는 서슬 퍼런 메아리

비우고 또 비워 애타게 찾는 사랑
혼자서 삭이는 한겨울 모래바람
사막의 거친 광야가 내 걸음을 재촉한다

곤고한 회오리바람에 쫓겨 우는
엄마라는 은혜 앞에 매 맞는 곤한 밤
그대여 사르지 못한 한 떨기 꽃 피우소서

비가 옵니다

비가 옵니다
그렇게 덥더니
오늘은 빗줄기 굵게
비가 옵니다

내 마음의 온갖 상념들
폭포수처럼 씻겨나가길
기도했는데
눈물로 변해버린
가뭄 끝에 단비가
날 위해 흘리시는
주님의 사랑인 것만 같아요

한 방울 두 방울…
촉촉이 스며들어
더할 수 없는 평안이 몰려옵니다

비가 오네요
이번엔 주룩주룩
내 눈물을 벗 삼아
다독다독 서러웠던 푸념을
저 밑 땅속으로 밀어버리고
사랑의 고운 새싹 하나
살포시 내 맘에 싹 틔웁니다

특별하신 분

나는 특별한 사람이 아닙니다
내 안의 그분이 특별하신 분이지요
따사롭고 온유하며
나를 걸핏하면 울리시는 그분은
항상 그 모습 그대로
언제나 저와 함께 계십니다

나는 그분이 보고 싶어요
그분을 만져보고 싶습니다
조잘조잘 하소연도 하고
대롱대롱 매달려도 보고
그분의 등에 업혀도 보고 싶습니다

고요 가운데
눈물 가운데
내 마음을 뒤덮고 계신 분
나는 오늘도 이렇게 울고 있는데
그분은 나를 보며 웃고 계시네요

그분은 참 특별하신 분입니다

글로리 존

주의 사랑에 매여
나는 오늘도 하루를 보냅니다
이제는 부족하지도
부끄럽지도
그리고 용기 없지도 않습니다
이 모습 이대로
이 마음 순전히
그저 주님만 바라보고 걷겠습니다

내게 사랑을 알게 하시고
나를 주의 모습으로 빚으사
나는 이제 주의 자녀로 거듭나
주께로 나아갑니다
주의 임재가 나를 사로잡을 때
나는 주님을 바라봅니다

오 주여
저를 붙드시고
주의 뜻을 알게 하소서

제 입술을 열어서
찬양하게 하시고
마르지 않을 눈물의 꽃 피워
그대 발을 장식하게 하소서

주의 은혜 안에서

주의 은혜 안에서
나는 온전히 주사랑 안에
거하길 기도합니다
참사랑의 주님
주님 마음 알게 하시니
감사합니다

이전의 내 모습 사라지고
나, 주의 참 평안 안에 거하리니
주여
내 손을 꼭 잡고 인도하소서

주를 온전히 따르렵니다
내 안의 참 평화 이뤄질 때에
주님 미소 닮은 온전한
사랑도 이루리니
주여, 저를 주님의 빛나는 도구로
사용하소서

이 생명 끝나는 날
눈물 한 방울 영롱한 보석으로
구멍 뚫린 그대 손 위에
내 사랑을 얹겠습니다

보자기

늘 주님께 기도합니다
당신을 더 알게 해 주시라고
당신과 더 가까이하고 싶다고

방법을 모르는 어리석은 나는
내 안에 계신 주님을
매일매일 거듭 찾아 헤맵니다
그리고 투정합니다

느껴지지 않아요
믿어지지 않아요
너무 느려요

내 욕심만 채우고 싶어
울고 보채는 내게
완전하신 그분이 어느 날
덥석 안겨주신 보자기 선물

꼼짝달싹 못하게
안팎으로 꽁꽁…
성령의 보자기 하늘에서 내려와
나를 통째로 싸버리셨습니다

마음과 마음

주셔서 감사했는데
가져보니 별 게 아니라
또 투덜대는 내 모습

이제는 더 큰 게 욕심나
지옥으로 변해있는 내 마음
주님은 잠잠하신다

달라고, 달라고
끈질기게 구하는 게
믿음인 줄 알았는데

어느 날 덜커덕 주셔서
응답인 줄 알았는데

떼만 쓰고 얻어낸 내 모습
이제야 다가옵니다

주님 마음 안에
내 마음이 합해져야 하는걸

나는 이번엔 울고 있습니다
주님이 나를 보며 웃고 계십니다

용서

사랑하지 못했습니다
용서하지 못했습니다
내 안의 온갖 미움
하나둘 자라 갈 때
주님,
아니라고 고개 저으셨지요

'나는 빛이다
나는 사랑이다' 하신
주님의 말씀
이제야 가슴 깊이 다가옵니다

먹먹했던 가슴에
단비가 내려져
예쁜 새싹 하나 살포시 올라오고
사랑의 새싹
아름답게 꽃이 피고
열매 맺을 때
주님의 고운 꽃 눈물로 피우는
나는
하얀 신부가 되겠습니다

중보

그대가 울어서 내 마음도 슬픈데
딱히 해 줄 게 없는 허허로움이
더욱 나를 가난하게 합니다

침묵 속 울고 있는 그대
어긋난 사랑이 애달파서 그대는
그렇게 웁니다

아 주님…
나더러 어느 애통함으로 위로하라
하시는지요

걷히지 않는 짙은 안개 드리워
미로 속에 갇혀버린 그대 앞에
오롯이 십자가만 서 있습니다

나 그대 향해

젊을 땐 너무 좋아 온종일 붙어있고
지금은 그저 그만 진종일 같이 있네
이제는 멀찍이 떼어 뚝 떨어져 살 고프오

어릴 땐 너무 예뻐 온 마음 지극정성
지금은 그저 그만 찐 사랑 속절없네
이제는 좀 더 느긋이 주님께만 의지하오

내 삶을 가족 위해 온 사랑 불태우고
지금은 기운 없어 잠시 잠깐 쉬 고프나
이제는 그대 주시는 소명만을 생각하오

희락도 고뇌도 가져갈 것 없는 인생
땀방울이고 지고 한숨 다리 건넜지만
이제는 그대 향하여 두 팔 벌려 달려가오

임

그리워 불러봐도 대답 없는 님이여
해 따라 모습 감춘 못다 한 내 사랑아
붉은빛 허공을 치다 떨어지는 비련아

목메어 불러봐도 그대는 오지 않고
달이 든 미소처럼 아련함 번지더니
오색 빛 허공을 돌다 솟구치는 희락아

제3부

하나의 사랑

휠체어

허공에 기억 한 편 수놓고 계시다가
요양원 침상 위에 덩그라니 누워서
아들 집 대문 앞에다 눈치만 걸어 둔다

한 가닥 링거줄에 외 목을 축이신 뒤
혈관 없는 기억은 체념의 숲을 지나
못내 쓴 세월의 허기 한숨 자국 메운다

쉰내 나는 궁둥이에 허연 종이 채우고
눈물이 마른자리 질펀하게 놓여 있는
팔순의 1급 장애자 울 어머니 휠체어

주의 길

메마른 소망들이 허공 위에 얼어있고
하늘 밑 거친 삶은 푸념처럼 출렁인다
바람 끝 사선 한 척이 해오름을 맞는다

밀려간 섬 그림자 가슴 위로 옮겨놓고
타다 만 잿빛 가루 한숨 불어 날릴 적에
그대는 오시는도다 바다 위를 걸어서

포획의 광대함이 바다를 에워쌀 때
서리진 잔망들은 파도에 부서진다
작은 나 그대 발 앞에 엎드리는 좁은 길

엄니 보물

장롱 속 깊숙한 울 엄니 보물 창고
헤어진 전대 하나 때 절어 웃고 있다
열 장씩 포개어 놓은 만원 뭉치 뒹군다

모아도 쓸 줄 몰라. 지고 갈 서러움을
한 세상 시름 담아 질펀하게 모셔놓고
금방울 만들어가는 사연 담긴 보물들

사랑도 차곡차곡 한숨도 차곡차곡
손마디 닳아있고 배춧잎 웃고 있는
울 엄마 세월이 담긴 보물 창고 서럽다

불효

닳아진 노을 자락 밭이랑을 맴돌 때
어머니 구슬땀은 밭고랑에 숨었다
목숨 줄 열보다 귀한 자식들은 몰랐다

어머니의 젊은 날이 소음처럼 잦아들 때
무심한 밤의 호미 저승 문턱 갈고 있고
냉정한 도둑고양이 은혜마저 셈한다

임플란트

누우런 어금니 한쪽
떨고 있다 '딸그락'
시뻘건 울음 뒤로
뿌리째 뽑혀 나온
해지는 늙은 노을이
구강 안에 걸렸다

금 김치

꼬기작 메모 하나 닳은 손에 꼭 쥐고서
노부부 앞서거니 뒤서거니 수레 행
우체국 저 먼 거리를 동행하는 땀방울

금치요 금치 고만 저울에 얹어지는
우체국 담당 직원 경이로운 탄성에
주름 꽃 활짝 펴지는 아들 사랑 사모곡

머나먼 독일 땅에 배달된 엄니 마음
비릿한 젓 국내가 온 방을 에워쌀 때
막내 놈 김치 쭉 찢어 눈물 얹어 먹는다

사랑의 끝

포르르 날아가 버린
가지 끝 에인 사랑
색 바랜 낙엽 하나
바람 한끝 부여잡고
잔가지 소담이 접은
나빌레라 마음 끝

노파와 홍시

이 없는 할머니의
달콤한 사랑앓이

항아리 콕콕 쟁인
주홍 별 속삭임들

한가득 그대 베어 문
꿈을 꾸는 노파여

촛농

살점이 녹아드는
뜨거운 회개의 불
눈물 강 웅덩이 속
그대 넘쳐흐르고
검은 심 혀의 불 되어
소망 한끝 밝힌다

(제42회 샘터시조상 가작 작품)

내 동부

네 작은 가슴팍에
펑펑펑 울고 나면
팽팽팽 트이는
세상 이치 열린 코
참 별걸 다 닦아내는
두루마리 돌돌돌

하나의 사랑

밤하늘 총총 별을 하나 톡 따다가
어느덧 닮아있는 그대 얼굴 옆으로
아기별 세월을 물려 동행하는 걸음마

내 안의 날카로움 모서리 패인 부분
슬며시 채워지고 둥글게 깎아질 때
하나 된 조합의 사랑 축복받는 부부연

심연

시계의 초침 소리
적막의 흐드러짐
심장아 붉은 심장
할퀴는 심연 속
불 밝혀 콕, 집어 들어
형형색색 아우성

가을 풍경

뒹구는 낙엽들이 너만큼 처량해라
살점까지 뜯기며 거둬 먹인 그 사랑
봉긋한 너의 안식처 하염없이 맴돈다

바람결 갈 곳 없는 텅텅 빈 내 마음
잡지도 부를 수도 만질 수도 없건마는
못다 한 그대 사모곡 애처롭게 헤맨다

아지랑이 가려진 그대 고운 미소들
비틀린 파편들 속 말라진 손을 잡고
뽀오얀 속 살을 기워 그리움만 사른다

시인과 커피 (2)

시인이 욕을 해? 동무가 흘기던 눈
수북한 한 수저의 양 만큼 쓰디쓰다
적당히 녹여 버리는 네모 각진 고뇌들

시인은 스멀대는 아지랑이 시를 쓴다
숯 검댕이 검은 물에 동무를 띄우고는
행간을 서서 또 도는 갈무리한 추임새

호상

넉넉한 웃음으로 그대가 날 반긴다
기나긴 설움 끝에 화창한 그대여
못다 한 외사랑만이 덩그마니 애달퍼라

한 세상 가는 길이 떠들썩 요란하다
파티 속 들떠 있는 행인의 굉음들
빈자리 맴돌다 가는 기꺼움만 처량해라

헛된 환상

이 밤이 슬프네요
내 님이 떠나가니
내 젊은 슬픈 파도
소리쳐 밀려오고
나는 또 밀려갈 그대
그리움을 잡네요

꿈 바라기

이제 갓 고단한
서른 살을 넘겼건만
고시원 한 평 속에
교차하는 한숨들
빗나간 과녁 속 질긴
무한질주 꿈 잡기

봄의 소식

때 이른 기쁨 하나 불현듯 배달되고
아련한 그리움들 찻잔 속에 녹아드는
짹짹짹 새들의 노래 아침 잔치 흥겹다

어느덧 밀려드는 세밑의 아침 찬가
달콤한 사랑들이 혀끝으로 전해지는
솔솔솔 피어오르는 추억들이 정겹다

구습의 볼멘 자국 내 안의 헛된 상념
인자한 내 님 품에 잔잔히 전해오는
새 희망 번져 오르는 봄의 소식 설렌다

봄 마중

고운 님 옛 추억을 한 장 한 장 세워놓고

봄 흙 속 헐거워진 시름 하나 뽑아낸다

웅크린 그리움의 향연 새싹들의 봄 마중

솜사탕

가시만 뽑아내면 될 줄로 알았는가
상한 맘 돌돌 풀어 허공에 얹어놓고
흰 구름 딱지로 덮인 한숨 엮은 솜사탕

그대여 아시는가 쓰디쓴 마음 자락
저 하늘 구름 뒤에 가시관 숨겨놓고
한 자락 빼내어버린 달콤앓이 솜사탕

산 중턱 걷힌 구름 내 마음에 다가와서
때 이른 순정의 벽 뭉실뭉실 허물을 때
다달이 퍼져만 가는 열병 같은 솜사탕

시조수

고향 땅 먼 그리움 방 안으로 옮겨와
툭 툭 털어내며 거두어낸 시조 샘
쓴 뿌리 건져 우려낸 타향살이 한 모금

목 메인 푸념 자락 단수의 숨 고르기
수놓은 인생사 희로애락 사형시켜
춤추고 게우고 게워 고이 삼킨 두 모금

고독

무작정 집을 나서 거리를 걸어본다
텅 빈 마음은 길을 잃어 헤매고
쓸쓸함 가득한 거리 고개 들어 반긴다

바람이 지난 자리 고독이 밀려오면
그대 미소 애달파서 아파오는 기억들
구멍 난 설움의 동냥 안갯속을 휘돈다

제4부

꽃이 필 때

물리 치료실

오르다 말아지는 서글픈 팔 한 자락
사방에 꽉 채워진 한숨들 들고 날고
오십견 동냥을 달아 세월 무게 실린 방

불현듯 늙어지고 속절없이 고장 나는
녹슨 팔다리의 거추장스러운 몸짓들
지긋이 두 눈을 감고 뭇매 맞는 서러운 방

인생사 희로애락 여정의 골을 지나
한 세상 시름 묻어 퇴행의 과정 넘어
세월을 여미어 삼켜 한숨 실어 달군 방

이슬이 운다

이슬이 울어요
내 눈물 보석인 양
점 하나 흔적 없이
가뭇없이 사라지는
숙명의 청아한 반란
이내 고이 머금고

성난 불

하나둘 켜진 불이 용광로가 되었다
하늘 끝 덥석 물고 성난 불 타오른다
청기와 담장 넘어서 귀먹은 자 보는가

민심의 손을 태워 흑 먹 갈아 뿌리 우고
언청이 맘을 태워 재를 녹여 마시우고
귀 막은 철 동상 하나 우두커니 서있네

공활한 검은 하늘 금빛 눈물 떨구고
아우성 소리 없이 하늘 길 사를 때에
소경은 눈떠 보아라 춤을 추는 성난 불

화장대 (2)

꽃잎 하나 떼어다가
생명으로 불어넣고
지는 풀잎 나이테를
갈잎 두른 단장으로
화장대 여인의 역사
향기 안고 포올 폴

아들

가고서 전화 한 통 않는 놈, 아들놈
이십 년을 애쓰고 키웠더니 그러네
어째요. 엄마 마음은 오매불망 그런걸요

오고서 그저 한 번 배시시 웃는 놈
이십 년 짝사랑이 애달픈 애미가
워째요 동동거리며 맛난 것만 해 줄 뿐

문득

불현듯 그리운 이름 하나 떠오르고
감자를 삶다가 주저앉아 울었어요
고요한 고독한 파문 휘청이는 내 모습

스산한 마음으로 낙엽 하나 스러지고
그대 모습 떠올라 아파오는 기억들
어머니 어느 손 있어 이 통증이 가실까요

아버지

울 아버지 모처럼 환하게 웃으시네
어머니 가시고 한숨만 자욱하게
방마다 구름 무지개 만드시고 울더니

짝 잃은 그 슬픔을 자식들이 어찌 알아
눈물만 그렁그렁 가슴에 숨기 우네
붉어진 그리움들만 오색 밤을 휘도네

맏이

곁에서 늘 항상 애쓰고 보살펴도
가뭇없이 사라지는 큰아들네 서러움
묵직한 외길 섬김이 오늘따라 버겁다

이고 지고 버리고 마지막 가시는 길
깊은 밤 후회 섞은 나락의 애증 모아
어머니 영면하신 날 구슬땀을 엮는다

젖은 속내

내 사랑을 속단하지 말아 주오. 그대여
거짓 없이 사라지는 동정이 아니라오
온 밤 내 그대를 위해 주께 고한 내 마음

변할 것 하나 없는 냉혹한 현실 속에
때로는 남인 모습 서운하고 후회되어
뱉어낸 만 가지 속내 끌어안고 우는 그대

변한 건 사람 향한 얄팍한 변덕일 뿐
세상 속 매한가지 허물 안고 우는 울음
눈물로 그대를 향해 오롯함을 고하네

첸트룸 풍경

요즘 들어 부쩍 변한 첸트룸 풍경들
구름처럼 늘어 난 난민 섞인 외국인들
빈 깡통 삼키는 울음 갈려있는 세상사

당장 하루 오늘 일이 답 없는 숙제인걸
어느 고운 할머니 인생길 주워 담은
애달픈 쇼핑 카트만 한 귀퉁이 서 있다

■ '첸트룸 풍경' 에세이

가난한 소자의 비어버린 노기를
울음으로 삼키며
오늘도 우리 주님은 첸트룸 곳곳을
돌고 계신다
어느 때부터인가 걸인이 부쩍
눈에 띄게 늘고
어린아이들까지 처량한 동무길에
벗 삼는데
그 작은 손을 주님은 꼭 잡고 계신다
거칠게 외면하는 나에게
"나다!"
말씀하시는 주님
....
하지만 다그치지 않는다

낙엽 하나

참 고운 낙엽 하나 입술을 닮았네
떨어져 뒹굴어도 붉은빛은 여전한데
스산한 가을바람에 제 자리를 잃었네

사람도 세월 앞에 늙어감이 추레하고
제 아무리 잘난 이도 주름 깊어 쇠잔한데
붉은빛 꿈에 그리어 망각의 숲 거니네

회상

보고도 볼 줄 몰라 보고파하느냐
텅텅 빈 내 마음에 바람 한 줄 불어와
후루룩 한 떨기 눈물 그리움에 고이네

흐느껴 울 줄 몰라 서글퍼하느냐
움켜쥔 내 기억에 햇살 한 줌 날아와
떨그럭 잊힌 그 세월 빗장 풀어헤친다

그리움

풍족해 주는 부모 어느 자식 싫다 하리
주고도 애가 타서 내리내리 물린 사랑
떠나신 그 빈자리에 그렁그렁 눈물만

손가락 열개 물어 안 아픈 손 없다지만
막내 놈 특 사랑에 불철주야 바라기 모
그리움 만 덩이 되어 폭포 같은 눈물만

슬픈 생일

태초에 세상을 창조하신 하나님
그 아들 외아들을 우리에게 보내셨네
우리의 죄악 모두를 담당하러 오셨네

깊은 뜻 모르고 그저 그만 즐기는 날
선물과 유희의 최대의 날 되었지만
싸늘한 텅 빈 축제는 쓸쓸함만 남기네

네 너를 창조하고 아들까지 주었단다
오매불망 돌아오라 매일처럼 부르건만
세상 속 근심 희락에 너는 나를 외면 쿠나

마음은 늘 따라 앙망하며 가옵는데
얼키설키 얽혀버린 시린 공간 세상이여
내 주여 그대 생일을 눈물 올려 누립니다

나그네새

알 하나 톡 떨어져 울고 있는 오전에
깨어진 내 마음도 샛노랗게 튀었다
어제다. 둥지를 걷어 뒷마당에 버린 게

뒤돌아 고개도 돌리지 않았을 것을
얄팍한 사람 속을 자애로 품은 너는
밤사이 새둥지 엮어 생명 줄을 잇는다

애달아 녹아지고 겹겹들이 삭는 것을
새끼를 위하는 맘 그 무엇이 다름일까
세 마리 둥지의 주인 나그네 새 상면 날

꽃이 필 때

사과 꽃 힘없이 고개를 떨고일 때
무심히 날아든 비보 한 통 얽히고
마당 위 하늘 아래엔 흑색 기구 걸려있다

맥없이 쳐져 버린 고개 숙인 내 남편
떨어진 심장 한쪽 애달프게 움켜쥐고
뼈저린 상념의 강 속 울음 삼켜 노 젓는다

사과나무 앙상하게 가지만 남던 달
하늘길 풀어헤쳐 여섯 마음 가득 싣고
그저 먼 어머니 품을 사랑 쟁여 보담는다

새싹이 파릇하게 움트던 어느 한 날
새하얀 사과 꽃 그리움에 오시더니
알알이 고운 사랑만 꽃과 함께 피더라

■ '꽃이 필 때' 에세이

사과 꽃이 다 떨어지고 사과 열매가 조롱조롱 달리던 어느 날 한국에서 전화를 받았습니다. 병원인데 검사를 다 마치니 폐암 말기 진단이 나오셨다는 우리 어머니….

 남편은 그 소식에 순간 맥이 풀리고…. 웬일인지 그날따라 시커먼 기구 하나가 하필 우리 집 마당 위를 맴돌아 둥둥 떠 있었지요.

 기도했어요.

 하나님… 피할 길이면 피난처를 주시고 맞닥뜨릴 일이면 시간을 좀 더 주시라고…. 응답이었던지 석 달 시한부 판정을 받으신 어머니께서는 그 뒤로 막내 아들놈 한번, 막내 아들놈 여섯 식구가 몽땅 또 한 번…. 그렇게 두 번을 비행기를 타게 해 주셨습니다.

 1년 반이라는 시간을 연장해 주신 하나님은 사 남매를 또 하나로 똘똘 뭉치게 해 주셨어요. 요양원에 계신 할머니께 날마다 한 번씩 들르기, 날마다 한 번씩 사랑한다고 말하기, 날마다 한 번씩 가슴으로 울기…

 덕분에 우리 어머니는 삼시 세끼, 다 나오는 요양원 안에서 질투 한 끼를 모두에게 더 드셨습니다

"이러려면 왜 여기를 오세요. 집으로 가시지…. ㅎㅎㅎ"

폐암 말기인데도 통증 없이, 다만 팔을 제외한 모든 거동은 못 하셨지만, 씁쓸히 마지막 여행길에 동무하는 기저귀만 빼면 우리 어머니는 평상시보다 자슥 손주들을 더 많이 본다고 좋아하셨어요….

그렇게 어머니는 떠나셨습니다.
사과꽃이 필 때면 어머니가 더 많이 생각이 납니다. 그리고 사과들이 주렁주렁 열매 맺은 것을 보면, 어머니가 아직도 우리에게 사랑을 주렁주렁 주시고 계신 것이 느껴집니다.

비애

어머니 목메어 불러보는 이름 하나
가고 없는 빈자리 그리워 울지만
이제는 그 어디서도 찾을 수가 없어라

그리움 밀려드는 침울한 나락의 끝
맹수처럼 할퀴고 간 후회뿐인 상흔들
보고파 갈 수도 없는 막혀버린 기다림

가면무도회

가을비 처량하게 내리는 어느 날
스산한 내 마음에 불어오는 광풍들
미소를 빗댄 무도회 소리 없는 가면들

인생의 나날을 헛살지 않았건만
마지막 가는 길에 이내 엄힌 괴리들
무심히 그저 웃기엔 말라버린 고뇌들

답 없는 숙제를 애쓰고 번복하는
굳어가는 몸뚱이 쓰디쓴 인생길에
애쓰고 찾아야 하는 그대 향한 마무리

이제 와 어떻게 무엇을 얼마큼
혹한의 수많은 번민 속에 울며 켠
백 년의 가면무도회 조명등이 꺼진다

■ '가면무도회' 에세이

독일에 와서 처음 느꼈던 낯선 문화들 속에 많이 경이로 웠던 게 있었는데 그건 공동묘지의 자연스러운 개방이었 다. 'Friedhof'라고 불리는 묘지들의 모습이 어쩌면 그렇게 아름답고 예쁘던지…. 한국에서 명절 때나 찾아뵙곤 하던 묘지와는 사뭇 너무나 다른 느낌에 눈과 마음을 동그랗게 떴던 때가 있었다.

공원보다도 더 예쁘게 단장된 그곳에는 묘지마다 각양각 색의 꽃들이 철 따라 고운 자태를 뽐낸다. 공동묘지라는 삭막한 분위기는 고사하고 삼삼오오 짝을 지어 산책하는 무리 중에는 다정한 연인을 비롯해 올망졸망한 아이들도 재잘거리며 부모의 손을 잡고 있다. 생과 사를 초월한 듯 한 이네들의 사고에 부단히 놀란 적이 많았다. 작고한 남 편의 무덤가에 날마다 와서 꽃을 심고 물을 뿌리는 할머니 가 있는 반면 어린 딸이 안타깝게 생사를 달리해 동생인듯 싶은 아이를 데리고 엄마는 묘지 주변을 온통 장난감으로 물들여놓았다. 개중에는 묘지 옆 나무에 연도 달아 놓은 모습도 보였고 봄 여름 가을 겨울 Friedhof는 많은 사람들 의 산책 장소로 그 쓰임을 아직도 귀히 받고 있다.

흔히 공동묘지 가까이는 살려고 않는 우리네 사고와 다르 게 시내 한복판에도 크고 작은 Friedhof들이 공원처럼 놓여 있다.

이곳에서 50년 가까이 사역을 하시고 계시는 사모님이 계시다. 코로나가 창궐하고 있는 요즈음도 마스크를 쓰고 나가 전도지를 나누어 주고 지친 걸음으로 돌아오신다.

"집사님 이곳에 오는 사람들은 가까운 사람들의 죽음을 경험하신 이들이에요 그래서 항상 죽음을 예비하고 있는 분이랍니다. '나도 언젠가는 떠나야지!'하고 날마다 마음을 비우는 사람들이에요. 그래서 다른 곳보다 더 복음을 가슴 깊이 받아들입니다"

목회자의 사모로 평생을 주를 증거하고 사시는 사모님은 말씀하신다.

"잠깐 왔다 가는 인생을 어떻게 곱게 마무리하느냐가 산자들의 숙제인 것 같아요. 특히 저처럼 나이 많은 사람들은 오늘 하루도 단정히 지내다가 주님을 맞아야지요…, 세상사가 다 부질없는 가면무도회인 것을요…."

액자

뽀얗게 먼지 쌓여 눈길마저 그리운
추억의 한 장면이 이 아침에 엇갈린다
새하얀 동화 속 너는 그림인가 하노라

꿈인 듯 다시 보니 곱단한 젊은 네가
거칠 것 하나 없는 광채 속에 웃고 있다
그리워 닦고 또 닦는 시간 여행 안내자

대화

넉넉해 주는 부모 어느 자식 마다하리
하루살이 곤한 몸 발만 동동 애쓰네
흑수저 고단한 삶에 하늘 원망 쌓이네

세상사 마음먹기 이보소 그지 마오
평생을 애면글면 하늘 공양 아니 보오
땀방울 바다를 이뤄 용 되라고 비옵네

세상이 너무 높아 마음 두자 못 담고
그저 살이 빈곤함은 누일 곳도 마땅찮아
용천만 부러움 가득 하늘 인고 서럽네

한숨 자락 매이는 하늘 밑 거친 삶이
오매불망 너를 향한 너를 낳은 원죄인 걸
그 사랑 어디 매 있어 개천 용도 못되냐

글벗

구메구메 행복한 세상의 벗이 되고
진솔한 마음 담아 꽃 피는 사랑의 불
작은 빛 감동을 주는 어여쁨이 고와라

애면글면 살아가는 버거운 호흡 속에
한 움큼 불거지는 사랑의 고운 향기
나눔 속 크게 번지는 글벗 친구 좋아라

허기

말뿐인 사랑을 위로라고 포장하네
그 작은 순간들은 동무되고 울었지만
퇴색돼 사라지고 말 허울뿐인 한숨들

진실이 가리어진 감성의 무게로
살가운 친구 되고 참 벗은 돼주어도
곤고한 너의 아픔을 대신 질 수 없어라

어머니에게

어머니…. 잘 계시지요?
알레르기가 심한 원준 아빠가 올봄은 또 어떻게 지나
갈까 하고 염려스러웠는데 다행히 무리 없이 한고비
넘기고 여름이 지나 스산한 가을도 지나.
이제는 겨울이 되었네요.
하루하루 시간은 쏜살같이 흐르고 삶의 여러 모양새
에 치우쳐 살다 보면 솔직히 어머니의 부재를 느낄 틈
도 없이 바쁘지만, 문득문득 어머니가 생각이 나면 여
지없이 마음 한쪽은 아프게 무너지네요.
왜 좀 더 잘해드리지 못했을까….
왜 좀 더 어머니 마음을 헤아려드리지 못했을까.
왜 좀 더 순종하지도 못했을까.
돌이켜보니 후회뿐인 것을요.

어머니 천국에서 평안하시지요?
막내 아들놈 안 보고 싶으세요?
어머니 덕분에 아이들도 잘 자라고 새집도 사고 원준
이는 좋은 점수로 대학도 가고. 예수님 곁에서 어머니
가 자식들 손주들 다 잘되라고 틀림없이 기도해 주시
는 덕분입니다.

저희는 모두 잘 지내고 있어요. 오늘은 어머니가 참 많이 보고 싶네요.

너무너무 감사드리고 너무너무 사랑하는 우리 어머니! 받은 게 너무나 많아서 생각만 해도 늘 눈물이 나지만 그 사랑 고대로 전하는 막내며느리가 될게요.

나중에 어머니 꼭 천국에서 만나요.

이 생명 다하는 날. 주님과 함께 계신 어머니 옆에서 참 보고 싶었다고 말씀드리고 칭찬 듣고 싶습니다.

은혜와 감사로 완성하는 기도의 시

최 봉 희(시조시인, 평론가, 글벗 편집주간)

신앙은 은혜와 감사로 완성된다. 지천명의 나이가 되어서 이제 삶을 이해하게 된 시인은 어느 날 불현 듯 거울을 바라보게 된다. 중년의 나이에 속절없이 늙어가는 자신의 모습을 보면서 미련이 생기고 마침내 자신의 삶을 성찰하게 된다. 그리고 체념 속에서 하루하루 일기를 쓰게 된다. 그 일기가 바로 감성을 팝콘처럼 톡톡 튀는 시로 태어났다.

박미애 시인과의 첫 만남은 2015년 12월로 기억한다. 계간 글벗 제6회 글벗문학상 시 부문에 「봄날」 외 11편으로 신인문학상을 수상하면서 그의 필력이 돋보이기 시작했다. 그 후 지속적으로 우리 민족의 고유 시가인 시조에 관심을 갖고 열정적인 배움과 창작활동을 했다. 마침내 2년 후인 2017년 4월에 월간 샘터가 주관하는 제42회 샘터 시조상에 당선되게 된다.

박미애 시인은 학창시절부터 작가의 꿈을 키워왔다. 그의 시적 경향은 기독교적 신앙을 바탕으로 성찰과 견딤, 기다림의 미학을 실현하는 신앙 시인이다. 첫 번째 시집 「뾰족구두」에 담긴 시 「꿈이여」를 살펴보면 그의 시적 경향을 한 눈에 파악할 수 있다.

꿈이여 / 깨지 마오 / 비상하며 올라갈 때 / 내 젊음 못다 이룬 기다림의 날개 펴서 / 독수리 날개 치듯이 주와 함께 가리라
　– 시 「꿈이여」 전문

시를 쓸 때마다 그는 기도로 준비하면서 절대자께서 알록달록한 고운 무지개 색깔로 천국의 소망을 담은 약속을 이루어준다고 굳게 믿는다. 그 언약은 다름 아닌 은혜요, 감사의 신앙에서 비롯된다. 물론 절대자의 은혜를 깨닫고 감사가 나오는 것이 일반적인 신앙이라면 박 시인의 시에 나나탄 신앙은 성찰을 통한 회개와 감사의 마음으로 은혜를 깨닫고 있다.

신앙인의 삶의 특징은 매일매일 삶 속에서 '감사'를 드리는 신앙이다. 박미애 시인의 시「주의 은혜 안에서」에서 그의 신실한 신앙을 만날 수 있다.

주이 은혜 안에서
나는 온전히 주사랑 안에
거하길 기도합니다
참사랑의 주님
주님 마음 알게 하시니 / 감사합니다

이전의 내 모습 사라지고
나, 주의 참 평안 안에 거하리니
주여 / 내 손을 꼭 잡고 인도하소서

주를 온전히 따르렵니다
내 안의 참 평화 이뤄질 때에
주님 미소 닮은 온전한
사랑도 이루리니
주여, 저를 주님의 빛나는 도구로 / 사용하소서

이 생명 끝나는 날
눈물 한 방울 영롱한 보석으로
구멍 뚫린 그대 손 위에
내 사랑을 얹겠습니다
– 시 「주의 은혜 안에서」 전문

성경을 보면 사도 바울은 예수 만난 이후의 삶을 돌이켜 볼 때 오직 감사밖에 없었다. 그는 매를 맞아 죽을 지경을 네 번이나 만났음에도 감사의 마음으로 기도했다. 그는 옥에 갇혀도 감사, 헐벗고 굶주려도 감사로 신앙을 지킨 위대한 신앙인이었다. 이와 마찬가지로 박미애 시인도 신앙의 고백대로 힘겹고 어려운 환경에서도 감사하는 삶을 살고자 노력하고 있다.

월급쟁이 뻔한 살림에
조카 대학교 입학했다고
맥북도 사주고…
시집와 이 국 만 리 떨어져 지낸

세월이 20년인데
집안 대소사 한 번 참석하지도 못한
동생이 뭐 그리 예쁘다고
몇 년에 한 번씩 한국 가면 짐만 되는
동생이 뭐 그리 애달프다고…

나는 참 복이 많네요
친정은 친정대로 오빠가 있어 든든하고
시댁은 시댁대로 아주버님 계셔 든든하고
돌아보니 내가 숨 쉬며 사는 이유는
모두 다 주님 은혜였던 것을요

공기 속에서
호흡 중에도
늘 나와 함께 계시는 주님
그 은혜가 오늘은 참
버겁게 감사합니다
– 시 「오빠 사랑」 전문

 사실 어려운 상황에서 자신이 받은 은혜에 대해 감사의
마음을 표현하고 감사의 생활을 하는 것은 정말 어려운 일
이다. 진정으로 자신이 고백한 대로, 자신이 받은바 은혜대
로 감사를 행하는 분들은 사실 그리 많지가 않다.
 참된 감사는 행하는 데 있는 것이 아닐까. 성경 로마서
10장 10절에 "마음으로 믿어 의에 이르고 입으로 시인해
서 구원에 이른다."는 구절이 있다. 마음으로만 끝나는 감
사는 구원을 이루지 못한다는 말이다. 마음으로 고백하는

감사의 마음을 실천하는 행함의 신앙, 기도의 신앙, 그것이
바로 하나님을 향한 진정한 감사이기 때문이다.

한없이 슬프고 외로올 때
날 향한 모든 상황이 사면초가일 때
터놓고 위로받을 수 있는
그런 친구가 있나요. 그대
그대는 그런 친구가 되어 주시나요

약함을 자랑삼아 나,
그대의 친구가 되어줄게요
모자람을 위로 삼아 그대
내 상념의 벗이 되어주세요

주를 닮은 사람들
주의 마음에 연합한 이들
눈, 귀, 입, 그리고 온 마음을 열고
서로의 아픔을 공유해 보아요
먼 훗날, 참 감사했다고 전할 수 있는
그런 우리들이 되어 보아요

아들까지 주신 사랑
우리는 그 안에서 하나입니다
– 시 「주 안에서」 전문

자신의 모든 것을 내어준 사랑에 감사의 마음으로 적은

시 「주 안에서」는 위로의 친구, 마음을 나누는 진정한 벗, 그 안에서 하나가 되는 믿음을 강조하고 있다.

믿음의 조상 아브라함도 믿고 행함으로 자신의 아들 이삭을 하나님께 드렸고, 기생 라합도 여리고성에서 구원의 붉은 줄을 통해 구원을 받게 된다. 감사가 있는 곳에 은혜가 있는 곳에는 항상 기도가 있다. 믿음과 행함이 하나 되는 곳에는 감사가 있기 때문이다.

전 세계 교회가 지키는 추수감사절도 있다. 신대륙으로 건너간 청교도들이 감사함으로 하나님께 예배하면서 유래했다. 구약에서는 레위기 2장에는 소제(素祭: 곡식을 빻아서 흰 가루를 드리는 제사)가 있다. 이러한 감사는 시와 찬미와 신령한 노래들을 표현한 시편도 있다. 몸과 마음을 다해서 절대자에게 감사의 예배를 드렸음을 말해 준다.

내게 주신 사랑 / 내게 주신 사랑

그 사랑 놀라워 / 나는 갑니다. 그대에게로

그 사랑 감사해 / 나는 그려요. 천국 소망을

그 사랑 한없어 / 나는 우네요. 그대 손잡고

그 사랑 오묘해 / 나는 누려요. 천국의 삶을
– 시 「내게 주신 사랑」 전문

내가 받은 사랑에 놀랍고 감사함에 눈물을 흘리는 신앙, 끊임없는 사랑은 오묘하고 놀라울 뿐이다. 그래서 시인은 지상에서 천국의 삶을 누리고 있다고 고백한다.

두 번째는 감사는 성장하는 믿음의 열매를 맺게 해 줍니다. 신앙의 본질은 말씀과 생명이다. 생명의 본질은 성장이며 그 성장의 원동력은 바로 '감사'에 있다. 감사가 없을 때 남을 원망하고, 남을 비방하는 얘기하기를 좋아한다. 열매는 있으되 설익은 열매이기에, 결실할 수 없는 상태로 머물 수밖에 없다. 오직 감사하는 신앙만이 성장하는 믿음의 열매를 맺게 한다. 마침내 그 열매가 익어 결실케 하는 축복을 가져다주는 것이다.

결국 박미애 시인은 시와 찬미와 신령한 노래들로 감사를 드리고 있다. 에베소서 5:19-21 구절을 보면 "시와 찬미와 신령한 노래들로 서로 화답하며 너희의 마음으로 주께 노래하며 찬송하며 … 아버지 하나님께 감사하며"라고 했다. 하나님의 말할 수 없는 은혜에 대해 감격하여 도저히 말로는 표현할 수 없기에 시와 찬미와 신령한 노래로 드리는 살아 있는 감사의 예배를 드리는 것이다. 성경에도 보면 이스라엘 백성들은 성전에 올라갈 때 항상 감사와 찬송을 부르며 올라갔다. 성경에 시편이 있지 않은가.

하나님은 감사하는 자의 마음과 생활을 변화시키고, 성장시키고 있는 것이다.

내 맘이 왜 이렇게 아픈지
나는 알지 못했어요
마냥 부풀어 오른 풍선에
누군가 어느 날 가시를
폭 찔렀습니다
'그쯤이야…' 코웃음을 쳤지만
이내 스르륵 빠져버린 바람
쪼글쪼글 흉하게 일그러져 있는
내 모습

고운 소망 안에 사랑을 담지 못하고
어느새 미움을 담았습니다
한없이 판단했더니
상처 난 마음이 커져서
이번에는 막혀버린 은혜의 시간들
애써 축복해보지만
도무지 불가능해 보이는
사랑의 교합들
이렇게 어려운 사랑이라는 굴레들

눈물로 기도해봅니다
바람 빠져 쪼글쪼글해진 내 마음의 풍선에
사랑의 입김 주님의 마음
가득 채워져
탱글탱글 열매 맺은 이쁜 봉오리
앗! 이번엔 터져도 걱정 없네요
주님의 사랑

오히려 자꾸만 번져 갑니다

가시로 찌른 그대 사랑하고 축복해요
주님의 통로가 되어주신 그대
오히려 그대가 애처롭네요
감사의 기쁨 덤으로 몰려옵니다
– 시 「가시」 전문

 인간이 살아가면서 다른 이에게 받는 상처는 때로는 마음을 아프게 하고 시들게 한다. 누군가에게 내 마음을 몽땅 주었건만 그 마음이 제대로 전달되지 않고 처음의 호의까지도 무너지는 일들이 많다. 그 가시에 아픔을 느끼고 원망하다가 마침내 신앙인들은 시험에 들기 쉬운 법이다. 그때 시인은 눈물로 기도한다고 했다. 쪼글쪼글해진 내 마음의 풍선에 사랑의 입김으로 다가온 주님의 마음, 결국 예쁜 꽃봉오리로 피어나게 된다. 오히려 그 가시를 사랑하게 되고 축복하는 신앙, 그리고 감사의 마음, 진정한 신앙인의 시가 탄생하는 순간이다.

언제쯤 교통이 될까나 너와 나
해묵은 거리를 좁힐 방법 없을까
도무지 대화 안 되는 서슬 퍼런 메아리

비우고 또 비워 애타게 찾는 사랑
혼자서 삭이는 한겨울 모래바람

사막의 거친 광야가 내 걸음을 재촉한다

곤고한 회오리바람에 쫓겨 우는
엄마라는 은혜 앞에 매 맞는 곤한 밤
그대여 사르지 못한 한 떨기 꽃 피우소서
- 시 「사춘기 딸」

　상대방을 미워하는 원인은 소통의 부재에서 시작된다. 그
때문에 그 사람은 항상 그럴 거라는 현란한 판단으로 서로
거리가 멀어지고 죄를 짓기 마련이다. 특별히 사춘기의 딸
을 둔 시인은 광야에서 걸음을 걷듯이 회오리바람도 극복
하면서 엄마로서 기도하고 회개한다. 그 때마다 하나님은
다독이고 축복의 은혜로 함께 하고 있음을 시인은 스스로
고백한다. 그것은 바로 '은혜의 신앙'이자 '감사의 신앙'이
요 '기도의 신앙'임을 깨닫게 된다.

은혜의 강물 위에서
나 주의 보혈을 힘입어
주께로 나아갑니다
이 소망의 골짜기를 지나
주님 계시는 평화의 나라에
나 영원치 거하기를 / 사모합니다

내 마음 안에 이미 이루어진
주의 사랑이여

값없이 나를 사신 내 주가 계신 곳
날마다 주를 바라보며 / 나아갑니다

성령의 운행 속으로
나 주의 은혜를 힘입어
아버지께 나아갑니다
이 눈물의 골짜기를 지나
아버지 계시는 참사랑의 낙원에
나 영원히 살게 되길 / 사모합니다

내 마음 안에 이미 이루어진
주의 사랑이여
골고다 언덕지나 내 주가 계신 곳
날마다 주의 뜻 이뤄지길 / 기도합니다
– 시 「은혜의 강물위에서」 전문

　시에서 보는 것처럼 감사가 있는 곳에 성장이 있다. 믿음
의 열매를 맺게 해주는 것이다. 골로새서 2장 6절과 7절을
보면 "믿음에 굳게 서서 감사함을 넘치게 하라"고 말하고
있다. 이는 성경에서 얼마나 '감사'를 중요한 신앙의 덕목
으로 여기고 있는가를 보여 주는 반증이기도 하다.
　박미애 시인은 계간 글빛에서 시인으로 등단한 후에 월간
샘터에서 주관하는 제42회 샘터시조상을 수상한 바 있다.
더불어 첫 번째 시집 『뾰족구두』를 발간했고 이번에 두
번째 시집 『은혜의 강물』을 발간하게 된 것이다.

그런 면에서 오직 감사하는 신앙만이 성장하는 믿음의 열매를 맺게 하고, 시인으로 시조시인으로 익어 결실케 하는 축복을 가져다주는 것은 아닐까. 박미애 시인은 이를 하나님의 은혜로 표현한 시 작품 「봄비」를 발표했다.

　　나의 연약함 위에
　　아픈 그늘 드리워지는 날
　　숨기려 할수록 가시는 점점 커져
　　덧난 고름 흘러넘친다
　　오늘은 상처 하나 덧입히는 날

　　용서하지 못하는
　　우툴두툴한 이 마음의 결을
　　활짝 펴줄
　　개인 햇빛 한 줄 어디 없는가

　　불거져오는 미움 덩어리
　　가슴에 꽉 안겨 채우고
　　요지부동마냥 버둥거리는
　　애달픈 이 헤맴이 속절없이 싫어서

　　봄비 주룩주룩 흘러내리는
　　눈부신 은혜의 마당 한가운데
　　일부러 서서 고함쳐 보는 한때

　　"주님을 닮고 싶어요
　　주님 사랑합니다!"
　　－ 시 「봄비」 전문

가시에 찔린 아픔은 고름이 되어서 상처로 남고 용서하지 못하는 우툴두툴한 마음을 활짝 펴줄 햇빛 한 줄을 간절하게 찾게 된다. 마침내 주님을 만나고 눈부신 은혜에 회개의 눈물(봄비)을 흘린다. 오롯이 주님의 은혜에 감사하면서 주님을 닮고 싶은 것이다.

주셔서 감사했는데
가져보니 별 게 아니라
또 투덜대는 내 모습

이제는 더 큰 게 욕심나
지옥으로 변해있는 내 마음
주님은 잠잠하신다

달라고, 달라고
끈질기게 구하는 게
믿음인 줄 알았는데

어느 날 덜커덕 주셔서
응답인 줄 알았는데

떼만 쓰고 얻어낸 내 모습
이제야 다가옵니다

주님 마음 안에
내 마음이 합해져야 하는걸

나는 이번엔 울고 있습니다
주님이 나를 보며 웃고 계십니다
- 시 「마음과 마음」 전문

사랑은 일방적이지만 기도는 일방적이지 않다. 욕심만으로 간구하고 요구하는 것이 아니라 절대자와 시인간의 교감과 소통이 있어야만 한다. 그것은 바로 기도로서 가능하다. 그 기도에는 은혜와 감사, 그리고 자기 성찰과 고백이 포함되어야 가능하다. 시를 쓰는 시인에게도 마찬가지다. 기도의 마음으로 시를 표현할 수 있다면 어떨까?
박미애 시인의 시 「불효」를 살펴보자.

닳아진 노을 자락 밭이랑을 맴돌 때
어머니 구슬땀은 밭고랑에 숨었다
목숨 줄 열보다 귀한 자식들은 몰랐다

어머니의 젊은 날이 소음처럼 잦아들 때
무심한 밤의 호미 저승 문턱 갈고 있고
냉정한 도둑고양이 은혜마저 셈한다
- 시 「불효」 전문

시인은 나이가 들어 부모가 된 이후에 부모님의 사랑을 깨닫게 되고 자신의 불효를 냉정한 도둑고양이처럼 이기적인 자신을 이제야 발견하고 불효를 깨닫게 된다.
박미애 시인은 현재 독일에 거주하고 있다. 4자녀의 어머니이자 성악가인 남편과 함께 하는 아내로서, 작곡가로서 그리고 시인으로서 열정적으로 활동하고 있다. 타국에서 고향을 그리워하는 마음, 돌아가신 부모를 그리워하는 마음 등을 담아서 그는 신앙적인 글쓰기를 통해 치유하고 있다. 이에 독자로서는 박미애 시인의 시를 감상하는 소회를 묻는다면 '은혜와 감사로 완성하는 기도의 시'라고 말하리라. 시는 기도의 마음으로 써야 한다.

기도에는 5가지의 단계를 거쳐서 완성된다. 이 단계는 지속적인 기도 훈련을 통해서 점차적으로 변해 가는 기도의 단계이다. 물론 이러한 단계는 인위적인 힘으로 이루어지는 것이 결코 아니다. 기도의 삶을 살아가는 신앙인들은 하나님의 도우심으로 인해서 이루어진다고 믿는다. 시를 쓰는 단계도 기도의 단계와 다름없이 같다고 할 수 있다.

첫 번째 단계는 헛말의 단계이다. 자기 자신이나 하나님 (독자)에 대한 인식이 없이 일방적으로 던져지는 빈말의 단계로서 중언부언하는 기도가 여기에 속한다. 같은 말을 계속 반복하게 되고 또 다시 반복하게 되는 것이다. 어찌 보면 글을 쓰기 시작하는 구상의 단계, 혹은 습작의 단계라고 할 수 있다.

두 번째 단계는 독백의 단계다. 자신이 무엇(주제)을 간구하고 있다는 어느 정도의 인식과 함께 기도에 자신의 감정이 포함이 된다. 그러나 기도의 대상인 하나님(독자)은 이를 온전히 인식하지 못한다. 기도하는 자가 독백하듯 말하는 일종의 하소연의 단계라고 할 수 있다. 다시 말해 글쓰기의 과정에서 주제 선정의 단계라고 할 수 있다.

세 번째 단계는 대화의 단계이다. 기도의 의미를 잘 이해한 사람이 드리는 기도로써 하나님(독자)과 자신을 인식함으로써 대화의 감정을 느낄 수 있는 단계라고 할 수 있다. 이는 글쓰기 단계에서 퇴고의 단계라고 할 수 있다. 절대자를 고려하고 자신을 성찰하는 단계인 것이다.

네 번째 단계는 들음의 단계이다. 자신이 일방적으로 말하기보다는 기도 대상의 말을 들으려고 귀를 기울이는 단계라 할 수 있다. 이는 글쓰기 과정에서 독자와의 소통의 단계라고 할 수 있다. 다시 말해 글을 발표하는 출판의 단계라고 할 수 있다.

마지막으로 나눔의 단계다. 무엇을 말하는 단계에서 벗어나 하나님(독자)과의 실제적 나눔과 사귐을 통해 소통하고 교제하는 단계를 말한다. 다시 말해 시인의 작품이 독자를 직접 만나서 소통하는 단계인 것이다.

이상과 같이 두 번째 시집 『은혜의 강물』을 살펴보았다. 은혜와 감사로 완성된 기도가 절대자인 하나님께 상달되길 기대한다. 시인은 지금 새로운 꿈을 갖고 기도하고 있다. 그의 야심찬 새로운 도전을 기대한다.

그의 건승과 건필을 기원하며 축복한다.

■ 글벗시선 123 박미애 시조집

은혜의 강물

인 쇄 일 2021년 2월 5일
발 행 일 2021년 2월 5일
지 은 이 박 미 애
펴 낸 이 한 주 희
펴 낸 곳 도서출판 글벗
출판등록 2007. 10. 29(제406-2007-100호)
주　　소 경기도 파주시 와석순환로 16,(야당동)
　　　　　 롯데캐슬파크타운 905동 1104호
홈페이지 http://guelbut.co.kr
E-mail juhee6305@hanmail.net
전화번호 031-957-1461
팩　　스 031-957-7319
가　　격 12,000원
** I S B N** 978-89-6533-166-7 04810